鬥嘴一班 ⑧

虎媽？苦媽？

卓瑩 著

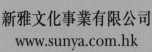

新雅文化事業有限公司
www.sunya.com.hk

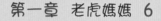

人物介紹

文樂心
（小辮子）

開朗熱情，
好奇心強，
但有點粗心
大意，經常
烏龍百出。

高立民

班裏的高材生，
為人熱心、孝
順，身高是他
的致命傷。

江小柔

文靜溫柔，善解人意，
非常擅長繪畫。

胡直

籃球隊隊員，
運動健將，只
是學習成績總
是不太好。

黃子祺

為人多嘴，愛搞怪，是讓人又愛又恨的搗蛋鬼。

周志明

個性機靈，觀察力強，但為人調皮，容易闖禍。

吳慧珠（珠珠）

個性豁達單純，是班裏的開心果，吃是她最愛的事。

謝海詩（海獅）

聰明伶俐，愛表現自己，是個好勝心強的小女皇。

　　每天午飯的時候，江小柔總愛跟好友文樂心天南地北地胡扯一番，可是今天不知是何緣故，她非但不言不語，還沒精打采地低垂着頭，手握

的匙子已經在餐盒裏來回攪拌了數十回，眼看飯菜都要被她堆成一座城堡了，卻始終沒有吃上一口。

文樂心關心地問：「小柔，你今天怎麼啦？是不是生病了？」

江小柔緩緩地抬起頭，一雙精靈的眼睛裏盡是憂心的神色：「心心，這次我死定了！剛才老師派的數學測驗卷，我只拿到七十分，媽媽知道後一定會把我吃掉的，怎麼辦？」

成績向來不錯的小柔居然把數學考砸了，文樂心也大感意外，只好連聲安慰道：「別擔心，你不過是偶然失手而已，江阿姨不會怪你的。」

　　江小柔苦着臉說：「你不明白，我媽媽很看重成績的，她不能接受這種失誤。」

江小柔的預感沒有錯，當天回家後，江媽媽果然大發雷霆：

以你的能力，這些題目不是應該已經駕輕就熟了嗎？怎麼會如此錯漏百出的？

　　看到媽媽那副比老虎還要兇
的臉容，江小柔心裏害怕之餘，
亦很為自己的不爭氣而惱火，想着想
着，便傷心地嗚咽起來。

　　然而，江小柔的哭聲不但不能平
息媽媽的怒火，反而令她越發心煩意
躁，以為小柔不肯反省自己，於是又

回頭兇巴
巴地質問她：
「哭什麼？難道媽媽
錯怪你了嗎？」

小柔拭着淚，可憐巴巴地低聲
説：「我已經盡力了，但不知為什麼
總是出錯。」

一直坐在沙發上閲報的江爸爸大
是不忍，連忙好言相勸：「小柔只是
一時失手，你又何苦大動肝火？」

江媽媽見他跟自己唱反調，也就更感氣惱：「你還敢說？上個星期天，我出門去上烹飪課前，不是千叮萬囑你要好好為她複習嗎？沒想到你卻帶她去公園玩了半天！」

江爸爸很不以為然地道：「小柔正處於長個子的關鍵期，再怎麼忙也總得讓她活動一下筋骨啊！」

江媽媽沒好氣地道：
「要活動筋骨也得看情況，
有什麼比讀書更重要？」

　　　　江爸爸臉色一沉，
忍不住衝口而出道：「既
然如此，那天為何你不
留在家裏親自陪她複習？」

　　江媽媽一下子氣紅了眼睛，聲音
微顫着說：「什麼意思？難道你就沒
有責任嗎？你平日在家不是忙
着上網便是看電視，連小柔
什麼時候考試也不清楚，她
的功課從來都只有我一個人在

管！」

當獸醫的江爸爸每天的工作時間很長，他攤攤手道：「你的烹飪班只上半天課，時間比我充裕，自然就是由你來負責啊！」

「沒錯，但我以為你至少會是我的後盾，當我忙不過來的時候，你也會幫我一把。不過，看來只是我自己一廂情願！」

江爸爸臉色一暗：「我每天下班後已經很累了，我還能怎麼樣？」

「我下班後還得煮飯、做家務，難道我就不會累？」她一說完，便負

氣地轉身走進臥房裏去，而江爸爸則
只是重新提起報紙，沒事兒似的再次
低頭讀報。

　　江小柔怯怯地瞄了瞄爸爸，只見
他向來祥和的臉上，此刻蒙上了一層
冰冷的寒霜。

　　眼見爸媽為了自己而鬧翻了，江
小柔心裏既內疚又着急，很想做點什

麼來緩和氣氛。可是，她又能
做什麼呢？

　「其實我也不必太過憂心，爸媽
的性格向來都各走極端，像今天這樣
的衝突也時有發生，但他們不是每次
都很快便言歸於好嗎？相信這次也必
定不會例外。沒錯！說不定明天一早
起來，我便會見到他們好端端的在說

說笑笑了，對不對？」江小柔樂觀地
想着。

　　然而，到了第二天早上，當江小
柔一覺醒來，卻發現一切並沒有回復
到她心目中的那個樣子。吃早餐的時
候，爸爸和媽媽完全沒有交談，甚至

連眼神也沒交流，整個客廳安靜得只有匙子和碗碰擊的聲音。

江小柔的心霎時沉了下去。原來他們並未如她所想像般和好如初，這該怎麼辦才好？她心裏很是忐忑。

第二章 最不合時宜的旅行

這天的教室鬧哄哄一片，同學們都肆無忌憚地高談闊論，好像正在開派對似的。無他，只因徐老師正說起一件大家都期待已久的事：「下個周末便是一年一度的親子旅行，目的地是一個設有各式各樣遊樂設施的農莊，屆時除了集體遊戲外，還會有燒

烤和自由活動時間，保證大家可以玩個痛快。」

如此好消息，試問哪個孩子不樂翻了呢？文樂心好奇地問：「徐老師，請問那兒會有什麼遊樂設施啊？」

徐老師豎起十根指頭，從容不迫地數起來：「農莊裏的設施可多

呢，有攀石牆、繩網、農場、魚塘和吹氣城堡。你們還可以騎馬、踏水上單車或者參加手工藝班等。為了增添樂趣，我們還特地加設了親子攝影大賽。你們當天記得帶備照相機，把最漂亮、最動人的瞬間捕捉下來，看看誰會成為最佳攝影師，好嗎？」

　　經徐老師進一步說明後，大家更是樂不可支，全都興奮得拍掌歡呼起來。噢，不對，其實有一個人並沒有拍掌也沒有歡呼，甚至連笑容也欠奉，而這個人就是江小柔。

　　對於小柔來說，這個親子旅行來得真不合時宜。爸媽才剛鬧翻，他

　　們還會出席嗎？看着同學們歡天喜地的笑臉，她心裏很不是味兒。好不容易等到下課，江小柔滿以為可以鬆一口氣，沒想到大家仍然情緒高漲地說個沒完。

　　文樂心仰起頭，一臉心馳神往地說：「我從來也沒有騎過馬呢，高高在上地騎在馬背上，迎着陣陣涼風的感覺，應該很棒吧？」

鄰座的高立民嗤聲一笑道：

小辮子，我勸你還是算了罷，一個連走路也會摔跤的人貿然去騎馬，搞不好會摔個人仰馬翻呢！

黃子祺、周志明和胡直等一眾男生，都忍不住「咭咭咭」的跟着笑鬧起來。

文樂心生氣地瞪着高立民：「你這是什麼意思嘛！」

謝海詩剛好經過聽到了，歪着嘴輕笑一聲道：「心心，你還是看開一點吧，你是無論如何也爭不過他的。」

「為什麼？」文樂心更不服氣了。

謝海詩甩了甩她那鬈曲的長馬尾，故意提高聲線說：「我曾經聽爸

爸說過，身材矮小的人是比較適合當騎師的，而在我們班當中，相信沒有人比高立民更合適了吧？嘿嘿！」

她話一出口，所有人都禁不住捧腹大笑起來。

高立民氣得滿臉通紅，鼻頭重重地呼了一口氣，反駁道：「你這隻海獅別胡說八道了，鬼才相信你的話呢！」

謝海詩聳了聳肩笑道：「我

可沒亂說，要不然你可以回家找爸爸
問問看嚕！」

　　高立民見她說得實在，不像是隨
口亂說的樣子，也不敢反駁，只嘴硬
地低哼一聲：「我才不會像你們女生
這樣！」

　　身為女生的文樂心立時敏感地一挑眉問：「我們女生怎麼啦？」

　　剛才謝海詩當眾嘲笑自己的身高，高立民心中有氣，於是也不甘示弱地盯着文樂心和謝海詩，預備要跟

她們大吵一場。就在這時，一直坐在旁邊默不作聲的江小柔猛地跳起身來，雙手捂着耳朵大聲吼道：「好啦，求求你們都別吵了，好嗎？」

霎時間，教室裏寂然無聲。所有人都被江小柔這突如其來的怒吼聲震懾住，心裏不禁驚訝地想：「小柔今天到底怎麼了？」

第三章　中秋不團圓

　　素來溫柔婉約的江小柔罕有地大發脾氣，好友文樂心當然心知不妙，忙拉着她關心地問：「小柔你怎麼了？是不是身體不舒服？」

　　旁邊的高立民也忍不住插嘴：

「小柔，你沒事吧？你剛才的樣子好嚇人啊！」

江小柔這才如夢初醒，驚覺自己的失態後，慌忙回過身來向大家連連作揖道：「對不起啊，我不是故意的，我只是有點心煩而已！」

她說話的時候，雪白的臉頰因着急而添上一層淡淡的紅暈，樣子可愛得令同學們不但無法生她的氣，還紛紛追問她有什麼煩心事，想要替她分憂。

告訴我們吧！

小柔，我有什麼可以幫你？

我們一起解決吧！

江小柔被大家的熱心感動得眼淚汪汪，然而，對於爸媽的事她始終覺得難以啟齒，只好欲言又止地苦笑一下道：「其實也沒什麼啦，只是因為數學測驗成績不好，所以有點不開心而已。」

　　吳慧珠啐她一口說：「噓，

成績不好，下次努力就行了，我經常都這樣的啦！」

　　謝海詩白她一眼道：「你忘了小柔是優異生嗎？你怎麼能跟她比？」

　　吳慧珠毫不在意地嘻嘻一笑道：「也對啊！」

　　江小柔慌忙擺擺手，尷尬地笑着說：「你別聽海詩亂說，我昨晚才剛捱了媽媽一頓罵呢！」

同學們見她還懂得笑，也就放下心來，然而她瞞得了別人，卻逃不過文樂心銳利的目光，待大家走遠後，她一把拉着小柔問：「你一定是發生了什麼事，對不對？」

江小柔咬了咬嘴唇，低頭不語。

文樂心見狀也就更着急了：「說嘛，我可以幫你出主意啊！」

在旁的高立民也接腔道：「對呀，說來聽聽啊，怕什麼？」

江小柔敵不過他們懇切的目光，終於軟化地點點頭道：「好吧，但我不希望其他人知道，你們能答應替我保守秘密嗎？」

「這個當然不成問題，跟我來！」高立民爽快地答應後，便跳起身，一馬當先地領着文樂心和江小柔，來到那個只屬於他們三人的秘密基地。

這個秘密基地是位於三樓洗手間盡頭的小空地，是個鮮為人知的秘密空間，絕對是一個說秘密的好地方。

江小柔這才真正放下戒心，把父母鬧彆扭的詳情告訴了他們。她雙手托着腮幫子，一臉苦惱地唉聲歎氣道：

「還有一個星期便是親子旅行了，不過看他們現在這個樣子，相信是無法參加了！」

高立民那雙黑漆漆的眼珠子快速地一轉，說：「喔！下個星期三不就是中秋節嗎？你大可以約他們去玩，找機會讓他們和好不就行了嗎？」

「好主意啊！」文樂心連連點頭。

高立民不忘自誇一番：「當然，我這個高材生可不是浪得虛名呢！」

這天晚上，江小柔拉着爸爸媽媽撒嬌道：「中秋節那天晚上，我們一起去玩，好不好嘛？」

爸爸翻了翻手機裏的工作日誌，無可無不可地道：「我那天沒什麼

特別事情要處理，應該可以準時下班。」

　　江小柔見爸爸答應了，連忙轉而問媽媽：「媽媽，你可以嗎？」

　　媽媽思量了一下，微笑着點頭：

「好吧，我把當天的烹飪班全部取消，我們提前吃完晚飯，然後再去看花燈，好嗎？」

「太棒了！」江小柔高興得拍起手來，一整天的不安感頓時一掃而空。

到了中秋節那天，江媽媽一大早便到菜市場買東西，開始為豐富的晚餐作準備。江小柔放學回家後，還乖巧地陪在媽媽身旁當助手，忙了一個下午，總算大功告成。

一桌子香噴噴的美食放在眼前，誘得小柔垂涎三尺，不過她並沒有偷

吃，她很耐心地等待着爸爸回來跟她們一起團圓。

誰知這時，江媽媽接到江爸爸的一個電話，說他臨時有一個緊急的手術要做，回不來了。

江媽媽雖然沒説什麼，但小柔看到她的臉上，閃過了一絲失望的神色。

第四章 三個臭皮匠

中秋節過後回到學校，文樂心和高立民一見到江小柔，便迫不及待地追問：「怎麼樣啦？江叔叔和江阿姨是否已經和好了？」

江小柔「唉」的一聲，滿臉惆悵地說：「別提啦，我失敗了呢！現在我連他們會否參加親子旅行也完全沒有把握啊！」

文樂心不由得失望地歎息一聲，高立民卻歪着嘴角笑道：「這個你大可放心，他們一定會去的！」

文樂心見他一副篤定的樣子，很不以為然地說：「別信口開河了，難道你能未卜先知嗎？」

　　高立民雙手交叉，氣定神閒地道：

既然簽了通告答允出席，又預先付了參加費用，倘若沒有特別的理由，家長一般都不敢失信於老師的，不是嗎？

「對啊！」江小柔頓時重燃希望，說道：「媽媽一向很緊張徐老師對我的印象，我相信她不敢冒這個險！」

　　高立民得意地一揮拳頭，說：「這就對了，只要他們參加旅行，我們便

可以為他們製造和好的機會了！」

「你有辦法嗎？」江小柔驚喜地問。

「還沒有。」高立民尷尬地呵呵一笑：「不過你放心吧，我們加起來有三個腦袋，三個臭皮匠，勝過一個諸葛亮呢！」

這天上課的時候，徐老師向大家簡介親子旅行時的安排：「明天在操場點名後，大家便可以跟家長們一起登上旅遊車出發。到了目的地後，我們會先玩一些集體遊戲，接着便會讓大家燒烤及自由活動，你們記得要帶備所需物品啊！」

高立民的思潮忽然像被魔法棒點中似的澎湃，下課鈴聲一響，便馬上拉着文樂心和江小柔說：「我想到辦

法了！」

「真的？是什麼辦法？」江小柔驚喜地問。

高立民神氣地聳了聳肩膀道：「很簡單，我們不是要乘旅遊車出發的嗎？只要替他們倆預先選好一個二人座位，讓他們單獨相處就行了。」

「可是，如果他們都不願意跟對方説話怎麼辦？」文樂心疑惑地説。

他揚了揚手，一副胸有成竹的

樣子說：「這只是第一步嘛，即使旅遊車計劃不成功，我們還有一整天的時間，只要爭取機會讓他們一起玩遊戲，還怕他們不能打破僵局嗎？」

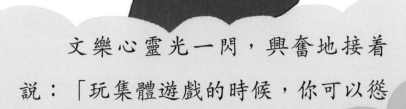

文樂心靈光一閃，興奮地接着說：「玩集體遊戲的時候，你可以慫

愿他們一起搭檔，那麼他們便必定會打破緘默了吧？」

江小柔聽得連連點頭：「中秋節那天，我知道媽媽本來也有意要跟

爸爸修好的，只可惜錯失良機。如果他們有獨處的機會，相信便會和好吧？」

高立民拍了拍胸口道：「放心吧，一定可以的！」

文樂心點頭和應：「好，那麼我們明天便見機行事吧！」

忽然間，有人把頭湊過來，一雙眼睛骨碌碌地往他們臉上掃來掃去：

「為什麼要見機行事？是不是有什麼好玩的事情啊？」

原來是黃子祺，他們都被他嚇了一大跳！

「沒事！」他們匆匆應了一聲，
便像躲鬼怪似的各自逃開去了。

　　黃子祺凝望着他們的背影，疑惑
地喃喃自語：「怪了，高立民什麼時
候跟文樂心如此友好的？」

昨夜臨睡前，江小柔雖然已經跟爸爸媽媽再三確定了他們是會陪她一起去旅行的，但她仍然十分忐忑。今天早上，當太陽才剛伸了個懶腰，她便已經換上整齊的運動服裝，心急火燎地跑進爸爸媽媽的臥房，把仍然半夢半醒的他們硬拉起來，直至把他們帶到學校的操場才得以安下心來。

　　帶着媽媽一道前來的文樂心遠遠
見到她，便立刻跑過來，在她耳邊叮
嚀：「小柔，待會兒你記緊要跟在我
身後，我和高立民會先上車幫你找位
子，你只要安排他們坐下去就好。」

這個時候，太陽已經梳洗完畢，從雲端裏跑了出來跟大家打着招呼。可惜就是太賣力了一點，擠在操場上等待出發的同學和家長們，對於太陽的熱情顯然都有點招架不來，江媽媽見小柔被太陽照得眼睛都快張不開了，滿頭大汗的，於是急忙從背包裏取出傘子，為她遮擋陽光。

江爸爸搖搖頭說：「既然是戶外

旅行，當然應該享受一下日光浴，沒必要這麼嬌氣吧？」

江媽媽白他一眼說：「你懂什麼？小孩子的肌膚比我們大人的嬌嫩，一不小心便會很容易被曬傷呢！」

「小柔已經不是嬰兒了，還嬌嫩什麼呀？」江爸爸沒好氣地搖頭。

江小柔見他們好像又要吵起來的樣子，趕緊打圓場地說：「媽媽，放心吧，我出門前有記得塗防曬油，曬一會兒陽光應該沒問題的！」

正巧這時徐老師搖着旗子吩咐道：「請同學及家長們在此排隊登車。」

文樂心和高立民第一時間衝上前排隊，卻冷不防黃子祺突然冒出來把他們

攔住，瞇着眼睛笑嘻嘻地問：「你們
兩個鬼鬼祟祟的在搞什麼鬼？有什麼
好玩的可不能沒有我的份兒啊！」

　　文樂心有點心虛地紅着臉，訥訥
的不知該說什麼才好。

　　高立民急忙掩護她道：「誰鬼
鬼祟祟了？我們可是光明正大地排隊
啊！」

　　他邊說邊繞過黃子祺，趕上去排
隊，然而被黃子祺這麼一鬧，已經有
七、八個同學和家長們排在前頭，到
他登車時，車上的座位已經半滿，好
不容易才讓他發現後排還剩一個雙人
座位，他高興極了，忙扭頭交托文樂
心道：「小辮子，你先在這兒守着，

我這就去帶小柔的爸媽上來！」

　　高立民才剛離開，一個人影忽然從文樂心身後閃了出來，一屁股坐在那個雙人座位上去了。

　　文樂心回頭一看，原來這個人是周志明。她連忙推了推他說：「請你坐別處好嗎？這裏已經有人的啦！」

　　周志明往左右看了一下：「誰？我只看到你一個人啊！」

　　文樂心被他逼得急了，只好隨口應道：「還有……還有我媽媽啊！」

周志明指着前方，一臉不解地問：「不對啊，文阿姨不是正在跟高立民的媽媽坐在那邊嗎？」

　　文樂心回頭一看，只見媽媽的確是跟高阿姨坐在一起，而且還有說有笑的聊得挺開心，她的舌頭頓時打起結來：「周志明你別鬧了，我這樣拜託你也是事出有因啊！」

　　誰知周志明一聽立時好奇起來，一個勁兒地刨根問底：「是什麼事啊？說來聽聽嘛！」

　　就在這時，高立民領着江小柔一家三口上了車，江爸爸和江媽媽發現

所有相連的座位都已經滿了，便各自找了個空位置坐下來，他倆的位置一前一後的，足足相隔了好幾排座位。

原本計劃要讓他們坐在一起，沒想到棋差一着，忽然蹦出一個不懂事的周志明壞了好事，江小柔失望極了。

高立民暗暗地瞪了文樂心一眼，悄聲埋怨文樂心：「你怎麼竟然連一個座位也守不住？真的不是一般的笨！」

文樂心慚愧地低着頭，委屈地嘟噥：「這都是周志明害的嘛！」

第六章 因禍得福

　　這次旅行的目的地是一個建在一片遼闊的青草地上的農莊。農莊裏除了設有徐老師曾經提及過的遊樂設施外，草地的中央位置還有一個偌大的魚塘，魚塘裏有人在踏着水上單車，十分清幽寫意。

　　吳慧珠剛下車，便被眼前的風景

吸引住，一雙眼睛閃閃發亮，讚美道：「哇，好漂亮啊，我一定要把這兒最美麗的風景拍下來，參加攝影比賽！」

路過的黃子祺拍了拍胸膛，大言不慚地插嘴：「有我這個攝影大師在此，我勸你還是算了吧，獻醜不如藏拙呢！」

吳慧珠朝他做了個鬼臉，信心十足地說：「誰才是攝影大師，等攝影比賽結束後便自有分曉！」

黃子祺正要回嘴，負責帶隊的徐老師開口說話了：「由於這次旅行的目的是為了促進同學和父母之間的關係，所以我們為大家預備了一場親子障礙接力賽，希望大家能盡情享受當中的樂趣！」

文樂心暗中碰了碰江小柔的手肘，滿含深意地笑說：「看，連老師也助我們一臂之力呢！」

「嗯！」江小柔喜滋滋地點頭。

徐老師又接着說：「接力賽總共分為四個項目，包括：爬輪胎、運送雞蛋、轉呼拉圈和布袋跳。每位同學可以找一位家長陪同參與，並自由決定由誰負責哪兩個項目。」

江小柔頓時失望得不得了，不解地問道：「為什麼不能三個人一起玩嘛？」

江爸爸不懂她的心思，拍了拍她的肩膀道：「小柔，很多同學都只有一位家長同行，老師這樣安排比較公平啊！」

「那你們誰來陪我參加啊？」

江爸爸看了江媽媽一眼，見她不置可否，於是輕咳一聲說：「爬輪胎和運送雞蛋的難度比較高，就由爸爸出馬吧！至於轉呼拉圈和布袋跳，便交給小柔負責好了。」

比賽正式開始，江爸爸首先匍
匐在草地上，以敏捷的身手穿過一個
又一個輪胎，然後再把三打難蛋抱在
懷裏，拚命地向着接棒的江小柔跑過
去。

站在賽道上等着的江小柔，在應當全神貫注地望着爸爸的當兒，也不忘往媽媽的方向望了一眼，當她看到媽媽正賣力地為他們打氣時，心裏十分欣喜，還暗暗下定決心：「我得好好表現，拿個獎讓媽媽高興一下。」

　　江爸爸真有實力，以第一名的姿

啊！

態交棒給小柔。江小柔接過棒後也不敢怠慢，立刻彎身拾起地上的呼拉圈扭了起來，繼而以布袋跳作最後衝線。

　　江小柔表現得很不錯，一直都能保持住第一名的位置，當她跟終點只

剩下最後五米的距離時，忽然聽到左邊的賽道上有人驚叫一聲。

原來，在她左邊一起布袋跳的胡直，竟然越跳越歪，跳進了小柔的賽道範圍，還失控地直向着小柔的方向撞過去。

江小柔大吃一驚，心裏想着要避開去，卻已經來不及了。

他們「轟」的一聲撞在一起，身在布袋裏的兩人都無法站穩腳步，結果雙雙倒在地上，雖然沒有怎麼受傷，但奪獎卻已是無望的了。

「小柔，你沒事吧？」江爸爸立刻緊張地跑過來。

江小柔嘴裏說沒事，但其實已難過得眼泛淚光，她心想：「拿不到獎送給媽媽了……」

看到江小柔因為自己的失誤而如此傷心，胡直也深感內

疚，忙連聲抱歉地說：「小柔，對不起啊！」

　　剛完成賽事的文樂心也跑了過來，見小柔一臉絕望的表情，連忙鼓勵她說：「這只是一場遊戲，不必太在意啦，別忘了你今天還有特別任務在身，只要任務成功，我們就是大贏家啦！」

　　江小柔連忙扭頭找媽媽，只見本來站在遠處看着的媽媽，正急步朝她的方向走來，爸爸則向她迎了上去，似乎是想告訴她小柔的情況。

　　江小柔立時一陣暗喜：「不錯，

我雖然輸了一場遊戲，卻無意間幫爸媽製造了交談的機會，這不正是因禍得福嗎？」

她立時轉憂為喜，還回頭跟闖了禍的胡直感激地一笑說：

謝謝你呢，胡直！

不知內情的胡直被她弄得莫名其妙，撓着後腦勺自言自語：「奇怪，分明是我害她失去了冠軍寶座，她為什麼反過來跟我道謝？難道她剛才摔壞了腦袋？」

第七章 顧此失彼

　　完成集體遊戲後，徐老師帶着大家來到燒烤場，說：「你們可以先在這兒燒烤，然後再自由選擇自己喜歡的活動，只要準時回到集合地點就行了！」

大家都雀躍地大聲歡呼，文樂心、江小柔和高立民步伐一致地來到一個燒烤爐前，各自回頭跟自己的父母說：「我們一起燒烤吧，好嗎？」

「當然好，大家一起玩更熱鬧啊！」江爸爸首先爽快地答應，三位媽媽也客氣地互相點頭打招呼，很快便熟絡地坐在旁邊聊着孩子們的點點滴滴。身為唯一一位男士的江爸爸沒有插話的餘地，於是很自然地走到燒烤爐前，開始堆炭點火。

文樂心一雙大眼睛忽然伶俐地一骨碌，然後低聲跟江小柔耳語：「不

如我們暗中為江阿姨送上美味的烤肉，讓她以為是江叔叔為她烤的，好嗎？」

江小柔欣喜地說：「好主意！平日在家都是媽媽做飯的，如果媽媽知道爸爸為她烤肉，她一定會很感動呢！」

高立民也自信滿滿地說：「燒烤我最拿手了！」

拿定主意後，他們便圍在爐火前

積極地烤起食物來，無論香腸、魚蛋、豬排、牛排還是雞翼，都統統不放過。家長們見他們如此賣力，便乾脆讓他們自己動手烤個夠，幾次來回後，很快便烤出一大碟美食。

文樂心捧起一大碟烤肉，滿臉自豪地說：「你

們看，我也懂得烤肉的呢！」

高立民提起叉子，從那堆烤得金光閃閃的豬排、牛排當中掮出兩粒黑乎乎的球狀物體，

正經八百地說：「小辮子你弄錯了，這些烤肉全都是我和小柔烤出來的，

只有這兩塊黑炭才是你的傑作。」

　　文樂心難為情地嘻嘻一笑，但仍
努力為自己辯護：「什麼黑炭？這是

魚蛋啊！雖然外皮被燒焦了一點，但
裏面還是很香、很美味的喲！」

　　高立民沒好氣地說：「如此美味

的魚蛋還是留給你自己享用吧，江阿姨可是烹飪高手，如果讓她看出這些烤肉不是出自江叔叔之手，那我們就白費功夫了！」

江小柔用眼角瞄了瞄旁邊正忙着燒烤的大人們，掩着嘴角偷笑：「放心吧，我爸

爸的手藝其實也很一般，媽媽不會發現的。」

　　説到這裏，他們都忍不住「格格格」的笑起來。

　　坐在他們附近的黃子祺聽到笑聲，不免好奇地回頭一瞥，卻見高立

民整天像個跟屁蟲似的黏在文樂心和江小柔身邊，總覺得事有蹊蹺，忍不住走上前調笑他：「唏，高立民，你和文樂心不是一直水火不容嗎？怎麼最近突然走得這麼近了？」

旁邊的周志明一聽，壞壞地接口笑道：「該不會是男生愛女生吧？嘿嘿！」

高立民和文樂心都霎時尷尬得滿

臉通紅，文樂心更是像躲避炸彈似的往後急退數步，刻意跟高立民劃清界線，並氣鼓鼓地向周志明罵去：「什麼跟什麼？你這是無中生有，故意製造謠言啊！」

黃子祺吃吃笑，說：「小辮子你別急嘛，我保證不會有人相信這種謠言的。高立民可是我們班的高材生呢，他只會跟聰明的人交朋友。」

高立民雖然無意要嘲笑誰，但黃子祺的話確實說中了他的心底話，於是不由地豎起拇指喊回去：「喲！你果然了解我啊！」

文樂心頓時怒氣攻心，不假思索地舉起雙手，欲把捧在手中的烤肉，連碟帶肉地往高立民的方向扔過去。

高立民和江小柔大

驚失色，忙急切地
大聲喝止：

噢，你千萬別扔呀，那可是我們辛苦了半天的成果呢！

．．．．．

文樂心這才察
覺自己幾乎把烤肉
毀掉，也嚇了一跳，忙趕緊把手中的
碟子往身旁的桌子一放，才再開步追

了上前。

　　江小柔也跟着追上前勸阻：「好啦，請你們別吵了好嗎？」

　　待她勸得二人鳴金收兵回到座位時，江小柔往左右看了看，疑惑地問：「咦？我們的烤肉呢？」

　　首先掀起這場大戰的黃子祺，往旁邊努了努嘴，幸災樂禍地笑道：「你們的烤肉，早已跑進她的肚子裏去了。」

　　大家順着他的視線望過去，只見

吳慧珠正獨自坐在一角，捧着一大碟烤肉吃得津津有味。

　　文樂心一眼便認出自己親手烤的那兩塊大黑炭，着急地跑過去，指着吳慧珠大喊：「不許吃我們的烤肉啊！」

　　吳慧珠見他們來勢洶洶的樣子，便意識到是什麼一回事，但已經吃進肚子裏的肉沒辦法還給他們，只好結

結巴巴地賠着笑説：「不好意思啦，我剛才發現桌上放着一大碟烤肉沒人吃，實在太可惜，所以我就⋯⋯」

他們沒待她把話説完，便不約而同地向着她飛身撲去：「珠珠，還我肉來！」

吳慧珠嚇得邊跑邊喊：「爸爸，救命呀！」

第八章 功敗垂成

燒烤完畢後，同學們陸續拉着家長遊玩去了。文樂心、高立民和江小柔也嚷着要一起去玩水上單車，爸媽們當然不好掃他們的興，於是他們三個家庭便浩浩蕩蕩地來到位於草坪中央的魚塘邊。

所謂的水上單車，其實就是一艘腳踏式的小船，每艘船設有四個座位，每個座位下面都安裝了一個踏板，讓每位乘客都能出一分力。

此時，魚塘旁邊的小碼頭剛好泊

着兩艘小船，同樣是
跟媽媽一起來的文樂心
和高立民恰好是四個人，可
以合坐一艘船，至於江小柔一
家三口，便坐上另一艘船。

當大家都各就各位後，三個小朋
友興奮地喊：「出發嘍！」

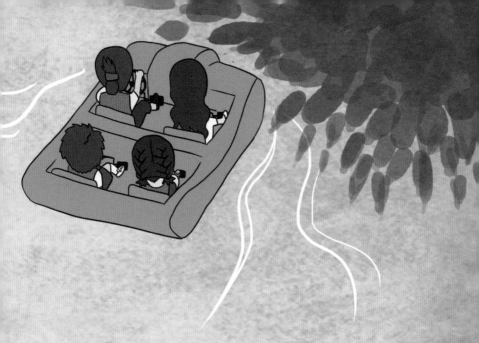

　　剛開始時，他們的船是一先一後地前進，但隨着水流和力度的不同，兩艘船便開始分道揚鑣，負責掌舵的江爸爸把小船駛向魚塘的中央位置。

　　魚塘的面積雖然不算大，但當你置身其中，再回首眺望草坪上那些

枝繁葉茂的樹木，的確令一眾都市人得以享受片刻的寧靜。再加上時已入秋，清爽的秋風徐徐地吹拂，真是心曠神怡。

「喔，原來這兒很舒服啊！」江

媽媽把雙手舉起，做了一個伸展的動作。

江爸爸更乾脆把身子往椅背上一靠，雙手交疊胸前，仰着頭欣賞遠方的景色。

這時，恰巧有一羣頭部呈碧綠色的水鴨子，悠閒地在附近的水面上嬉戲。牠們顯然是習慣了跟人類做朋友，即使有船隻靠近，牠們依然是搔癢的繼續搔癢，浮游着的繼續浮游，完全不受干擾。

看着牠們
胖嘟嘟的可愛

模樣，江小柔喜歡極了，忙向牠們揮着手打招呼：「小鴨子，你們好嗎？」

　　江媽媽看着那羣小鴨子，不經意地笑着問小柔：「你知道這兒總共有多少隻鴨子嗎？」

　　江小柔屈起手指，開始數算起來：「是十五隻。」

　　「你算漏了呢，再數一遍試試看！」江媽媽搖搖頭。

　　「不對嗎？」江小柔只好重新再數算一遍，但得出的答案仍然沒變。

江媽媽瞪大眼睛，一臉難以置信：「怎麼你連數鴨子也不會了？」

被媽媽這麼一瞪，江小柔有點不安了，忙認真地又重新再數，不過也許是太緊張的關係，她開始越數越錯，惹得江媽媽大為光火：「你到底有沒有認真數啊？」

這時，一直沉醉在風景之中的江爸爸回過神來，搭話道：「今天是遊玩散心的日子，別為了這種小事破壞氣氛好不好？」

江媽媽一正臉色道：「就是因為這是一件小事她也做不來，我才覺得無法接受。」

江爸爸皺眉道：「她只是個孩子，你怎麼就不能容許她有少許失誤？」

江媽媽頓時感到很委屈，忿忿地

反駁道：「看着小柔每天為讀書而拚命我也很心疼，但我能不這樣要求她嗎？現在流行精英教育，同學間的成績相差也不過就是那三數分，每當考試臨近，我便會擔心得夜不能眠呢！」

江爸爸沉默了。

江小柔急得紅了眼睛，嗚咽着道：「都是我不好，我下次一定會

更用心的，請你們別吵了，好嗎？」

　　江媽媽見小柔如此傷心，心裏也很難過，於是勉強忍住沒有再回嘴，江爸爸沉吟了一會，簡短地說：「回去吧！」便扭動方向盤，向着碼頭駛去。

　　「怎麼事情會變成這樣啊！」江小柔心中難過地喊。

第九章　同心協力

　　回航時，大家都沒有再說話，沉
默的氛圍令船上的空氣霎時變得像有
寒流來襲般冷。

　　江媽媽低着頭一個勁兒地蹬着
踏板，好像那個腳踏掣才是整件事的

罪魁禍首。江爸爸雖然不像江媽媽那樣激動，但心中少不免也有點煩躁，踩着腳踏的一雙腿也不由地加重了力度。

在雙重的力量推動下，小船的速度一下子加快了很多，不過可能因為走得太急了，船兒開始有點失控，當他們還來不及反應過來前，船兒已經駛進碼頭範圍了。

　　偏巧這時碼頭旁邊正有另一艘船在泊岸，在船上的是謝海詩和謝爸爸，他們正站起身來預備上岸，根本沒注意到江小柔的那艘船，正以極快的速度向着他們駛來。

　　「海詩，危險呀，快跑啊！」江

小柔吃驚地尖叫起來。

謝海詩回頭一看，猛然發現江小柔的船正以高速向着他們衝去，大驚失色，下意識地想要往岸上逃，可是船兒和碼頭之間尚餘少許距離，並未真正泊岸，謝海詩和謝爸爸一時也不

知該往哪裏躲。

　　江小柔一家看着眼前的突變，當然更是魂飛魄散。

　　「爸爸媽媽，我們要撞過去了，怎麼辦？」江小柔急得臉色發白。

　　江媽媽心裏也在發毛，但她仍然強自鎮定地安撫着小柔：「別怕，我們一起用力踩腳踏吧，應該還來得及改變小船的方向！」

　　江爸爸也贊同地點頭道：「沒錯，只要我們一家人同心協力，必定可以

做得到！」

　　他們一邊說一邊已經動起來，江
爸爸負責用力轉動方向盤，江媽媽則
使勁地蹬着腳踏，力求避過一劫。

情況危急，江小柔也忘了害怕，只管順着爸媽的節奏，拚了命地踩着腳踏，快得讓她覺得一雙腿好像要從她身上脫離似的。

　　就在千鈞一髮的瞬間，小船終於稍微往左邊轉移了一點，恰恰跟謝海詩那艘船，在僅餘不及一米的距離擦身而過。

「好險喲！」

謝海詩和江小柔一家都不約而同地吁了一口氣。

江小柔欣喜若狂，興沖沖地一躍而起，卻忘了自己還處身於搖搖晃晃的小船上，隨着她這一躍，小船便往左右晃動，她頓時站不住腳，整個人向着船外倒去。

「小柔！」江媽媽嚇得臉無人色，立刻奮不顧身地撲上前抓住了小柔的手，使勁地把她往小船裏拽，可是她用力過猛，救得了小柔，自己卻失去平衡，加上她剛才拼盡全力地划船，一雙腿早已痠軟乏力，如今身子一歪，整個人便跌進水裏去了。

江小柔回頭一看，驚見媽媽為了救自己而掉進水中，頓時嚇得哭了，並大喊：「媽媽！」

第十章 峯迴路轉

　　江媽媽為了救小柔，竟然失足跌進水裏去，這是誰也始料未及的事，不但江小柔害怕得失聲痛哭，就連站在岸上的人也都被這突如其來的意外嚇得目瞪口呆。

當江媽媽意識到自己要掉進水裏的那一刻，心頭霎時一涼：「糟了，我不懂游泳呢！」

　　她驚惶失措地撥動四肢，並且邊掙扎邊大聲呼救：「救命呀！」由於她掙扎得實在太激烈了，即使身上穿有救生衣，仍是不斷喝下很多口水，就在這緊張的時刻，只聽得「撲通」一聲，有人躍進魚塘裏去了，而這個

人原來就是江爸爸呢！

「爸爸、媽媽！」看着雙親都在水中，江小柔慌得手足無措，卻又無能為力，只緊張得手心冒汗。

幸而江爸爸的泳術很了得，只三兩下功夫便已經游到江媽媽身旁，並伸出雙臂從後緊托着她的身子，慢慢地向着岸邊游回去。他一邊游還一邊在她耳邊輕聲細語地安慰道：「放心，有我在，沒事的。」

聽到江爸爸的話後，江媽媽緊繃着的身子總算放軟下來。

當江爸爸把江媽媽安然

無恙地送回岸上的那一刻，四周的圍觀者都熱烈地喝起彩來。

剛脫險的江媽媽，甫張開眼睛便緊張地連聲問：「小柔呢？小柔還好嗎？」

其實江小柔早已由工作人員安全地帶回岸上，並一直膽戰心驚地站在

人羣的最前方等待着，當見到媽媽被爸爸救回岸上時，她激動得衝上前一把擁着媽媽大哭失聲，口中連聲説：「媽媽，對不起，對不起！」

江媽媽感動得紅了眼睛，伸手輕撫着小柔蒼白的臉蛋，乏力地微笑了一下説：「小柔乖，別哭，媽媽沒事了。」

「好了，小柔，先讓媽媽休息吧！」江爸爸温柔地説着，腳下卻絲毫沒有慢下來，大踏步地抱着江媽媽直向農莊的保健室走去。

江爸爸一跨進保健室，便立刻把

一張毛氈披在江媽媽身上，然後又再取來一條乾淨的毛巾，為她揩拭着濕漉漉的頭髮，嘴裏還不忘吩咐道：「現在天氣涼了，趕快把身體擦一擦換上乾淨的衣服吧，要不然會很容易感冒的呢！」

下水救人的江爸爸其實也同樣渾身濕透，但他只一心牽念着江媽媽，卻完全忘了自己，沾在髮絲上的水珠，正沿着兩旁的鬢髮大顆大顆地從他的臉頰滑下來。

江媽媽心裏煞是感動，趕忙提起毛巾的一角，反過來往他臉上抹去，

道：「你看你啊，還一直嘮叨我，你自己不是一樣不懂得照顧自己嘛！」

江爸爸這才恍然地摸了摸自己濕淋淋的短髮，傻乎乎地笑了起來，說：「對啊，我都忘了呢！」

「傻瓜！」江媽媽白他一眼笑了。

這時，有三個小傢伙正鬼鬼祟祟地在門外偷窺，而他們正正就是江小柔、文樂心和高立民。

　　當他們見到江爸爸和江媽媽二人相視而笑的情景，都興奮得互相擊掌歡呼：「我們終於成功了，萬歲！」

　　江爸爸和江媽媽聞聲往外一看，發現原來有三隻鬼靈精正在偷看他們，都不禁窘困得羞紅了臉。

第十一章 最美麗的風景

經歷了半天的驚險刺激，這天晚飯時，江媽媽除了為小柔和江爸爸預備了驅寒暖身的薑湯外，還做了一桌精巧的菜式，引得他們胃口大

開，不消片刻便把飯菜全都吃了個精光。

江小柔一臉滿足地放下碗筷，豎起大拇指連聲讚道：「喲，媽媽做的飯菜最好吃了！」

江爸爸也撫着脹鼓鼓的肚皮笑道：「這麼一吃，什麼風寒都奈何不了我呢！」

看着他們滿足的樣子，江媽媽欣慰地笑說：「你們喜歡就好。」

她語氣一頓，隨即臉帶歉意地道：「前幾天我對你們發了一場很大的脾氣，我知道是我不好，但我不是存心要罵人的，我只是太着急了，一時氣昏了頭，對不起呢！」

江爸爸聞言也有點慚愧地接口說：「其實我也有不對的地方，我平日對你們的關心太少了，往後我一定會多抽時間，陪你們一起奮鬥。」

因為自己把數學考砸而令爸媽起爭執，江小柔早已內疚萬分，現在聽到爸爸媽媽這麼說，心裏也就更覺慚愧，於是一挺身子道：「爸爸媽媽，我知道你們所

做的一切都是為了我，我答應你們，從今以後我會好好唸書，不會再令你們失望了！」

江媽媽欣慰極了，回想起自己一直以來對小柔的嚴苛，也很感抱歉：「媽媽對小柔的要求的確是嚴格了一點，但其實我也不想這樣，希望你能諒解。媽媽也答應你，往後我會把標準稍微調整，盡量不給你太大壓力，好嗎？」

「真的？謝謝媽媽，媽媽真好！」江小柔倚着媽媽的手臂撒起嬌來。

江爸爸看着眼前這幅「母慈女孝」圖，雖然嘴上沒說什麼，但臉上卻慢慢地透出一絲掩不住的笑意。

眼前快樂的情景，令江小柔感到無比的幸福，心裏不禁默默祈願：「如果每天都能像今天這樣就好了。」

這天早上回到學校時，江小柔見到許多同學都爭先恐後地擠在校務處的公告欄前，不知在看什麼。

「發生什麼事了？」她很訝異，正欲上前查探，便已聽得站在公告欄前的吳慧珠與高采烈地大聲嚷道：

太好了，我得了攝影比賽的第一名呢！

站在旁邊的黃子祺和周志明不相信地反問：「真的？你是看錯了吧？」

　　吳慧珠笑逐顏開，也不把他們的話放在心上，只一臉自我陶醉地說：「我不怪你們，因為你們都沒有看過我的得獎作品，否則你們必定會輸得心服口服的。」

　　黃子祺朝她的背影做了個鬼臉，道：「神氣什麼？我只是故意讓她而已！」

　　周志明連忙附和道：「對對對，一隻貪吃的小豬能拍出什麼好東西！」

黃子祺雖然裝作漫不經心，但還是按捺不住好奇地走到公告欄前，心想：「我倒要見識一下她的照片到底有多了不起！」

　　誰知當他看到吳慧珠的得獎作品後，便忽然啞住，然後木無表情地掉頭就走。

周志明被他失常的樣子弄得一頭霧水，困惑地追在後頭問：「喂，你怎麼了啦？」

　　江小柔剛巧目睹了這一幕，心中也就更覺

驚異：「吳慧珠到底拍了什麼照片，竟然能讓黃子祺心服口服？」

就在這時，吳慧珠三步併作兩步的跑了過來，喜滋滋地拉着江小柔來到公告欄前，獻寶似的説：「小柔，你快來看看我的傑作！」

江小柔抬頭一看，頓時驚喜得瞪

大了眼睛，有些不敢置信地説：「珠
珠，這張照片真的是你拍的嗎？」

　　原來吳慧珠那張得獎照片拍到
的，正是那天江爸爸剛把江媽媽救上
岸後，江小柔跑過來擁着他們既哭且
笑的那個瞬間。照片把他們隱藏在淚

水背後的激動與喜悦，誠實無遺地記錄下來。

吳慧珠得意地笑着説：「照片當然是我拍的啦，我還替它起了一個名字叫『最美麗的風景』呢，怎麼樣？好聽嗎？」

這可是江小柔一家三口拍過的全家福當中最動人的一張，如果爸爸媽

媽知道的話，一定會很高興的。江小柔握着吳慧珠的手，激動地連聲說：「謝謝你，珠珠，謝謝！」

江小柔的過分熱情，把吳慧珠弄得怪不好意思地笑說：「噯喲，不用這麼客氣嘛！」

第十二章 不速之客

數月後的一天放學後，當校車如常地把小柔送到她家附近的車站時，她訝然發現今天來接她的人由媽媽換成爸爸了。

她驚喜萬分地迎了上前問：「爸爸，你今天不用上班嗎？」

江爸爸聳了聳肩說：

「我今天有點事情要辦，所以請了半天假。」

除了外出旅遊，爸爸向來很少請假的，江小柔好奇心大起，追問道：「是什麼事啊？」

　　江爸爸輕描淡寫地說：「沒什麼，只是陪你媽媽去看醫生而已。」

　　江小柔擔心地問：「媽媽生病了嗎？」

江爸爸賣關子地呵呵一笑，說：
「待會兒你自己問媽媽吧！」

　　江小柔見爸爸心情輕鬆，心下也
就更感疑惑：「媽媽病了，爸爸為什
麼還笑得這麼開心？」

　　回到家後，她見到媽媽正悠然
自得地坐在客廳的沙發上看電視，一

點病態也沒有，忍不住跑上前問個究竟。

江媽媽只笑了一下，沒有直接回答，卻推了推江爸爸的手肘道：「還是你跟她說吧！」

媽媽平日說話乾脆俐落，今天為什麼如此吞吞吐吐？江小柔思疑地看了看媽媽，又看了看爸爸，只見二人

都一臉嚴肅的樣子，心頭猛地一跳：
「天啊，他們該不會又吵架了吧？」

　　江爸爸目光定定地望著她，清了
清喉嚨說：「小柔，我們有一件事想
跟你說，就是……」

他語氣一頓，才又接着說：「我們家即將會出現一位新成員，而這個人是將會和我們一起生活一輩子的。」

「誰啊？是我認識的人嗎？」江小柔更困惑了。

江爸爸語意含糊地說：「我們還不知道啊，也許是男的，也許是女的。」

江媽媽忍不住輕捶了一下江爸爸的胳膊，笑罵道：「好啦，你別再逗

她了。」然後轉而跟小柔解釋說:「爸爸的意思就是說,你即將會迎來一個弟弟或者妹妹呢!」

江小柔眼前一亮,驚喜地說:「媽媽,你是說我快要當姐姐了嗎?」

江媽媽下意識地撫了撫肚皮,溫柔地笑着點點頭。

「哇,我要當姐姐了呢,萬歲!」江小柔一念及將來每天都會有人陪她一起吃飯、玩耍和睡覺,這比起讓她贏得任何比賽都更雀躍。

江媽媽見小柔如此快活，安心地笑說：「小柔真是個體貼的好孩子，那我便不必擔心你會跟弟妹相處不來了。」

江小柔昂了昂頭，傲然地笑道：
「這個當然了，我可是大姐姐啊，一
定會做個好榜樣的！」

　　江爸爸和江媽媽見小柔那麼懂
事，都安慰地笑了。

鬥嘴一班

虎媽？苦媽？

作　　者：卓瑩
插　　圖：Chiki Wong
責任編輯：劉慧燕
美術設計：李成宇
出　　版：新雅文化事業有限公司
　　　　　香港英皇道 499 號北角工業大廈 18 樓
　　　　　電話：(852) 2138 7998
　　　　　傳真：(852) 2597 4003
　　　　　網址：http://www.sunya.com.hk
　　　　　電郵：marketing@sunya.com.hk
發　　行：香港聯合書刊物流有限公司
　　　　　香港荃灣德士古道 220-248 號荃灣工業中心 16 樓
　　　　　電話：(852) 2150 2100
　　　　　傳真：(852) 2407 3062
　　　　　電郵：info@suplogistics.com.hk
印　　刷：中華商務彩色印刷有限公司
　　　　　香港新界大埔汀麗路 36 號
版　　次：二〇一六年三月初版
　　　　　二〇二一年六月第八次印刷

ISBN: 978-962-08-6481-0